Das Ende der Welt

Eine Erzählung von **Pierre Wazem**
Illustriert und koloriert von **Tom Tirabosco**

avant-verlag

Das Ende der Welt
Text: Pierre Wazem | Zeichnungen: Tom Tirabosco
ISBN: 978-3-939080-39-8

© Futuropolis, Paris 2008
© für die deutsche Ausgabe: avant-verlag, 2009
Übersetzung: Kai Wilksen
Korrekturen: Maximilian Lenz
Lettering: Tinet Elmgren
Herausgeber: Johann Ulrich

avant-verlag | Rodenbergstr. 9 | 10439 Berlin
info@avant-verlag.de | www.avant-verlag.de

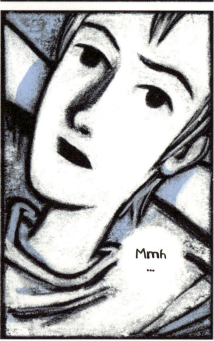

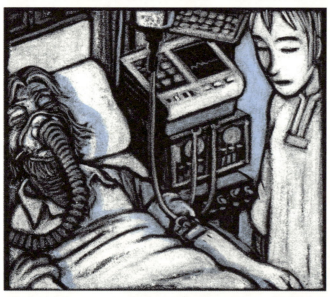

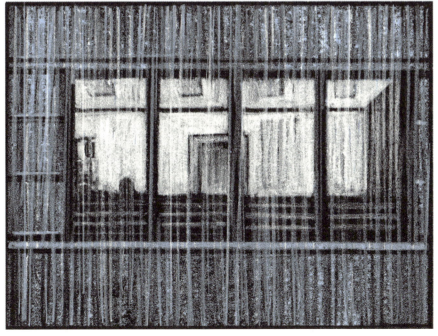

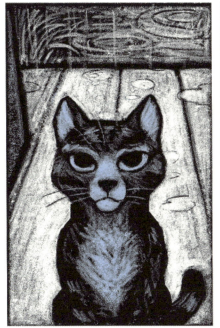

Ich will weg von hier.

DU BIST ERST ZWANZIG. DEIN LEBEN HAT KAUM BEGONNEN. ES GIBT EINE MENGE DINGE, VON DENEN DU NOCH NICHTS WEISST.

Aber ich will trotzdem weg von hier.

IN DER FERNE LIEGT KEINE LÖSUNG. DU MUSST MEHR IN DICH GEHEN. DU HAST DIE TÜR SCHON EINEN SPALT GEÖFFNET.

Ich will weg von diesem Regen. Wie lange wird der noch dauern? Ein echtes Unwetter.

DIESES UNWETTER, DAS BIST DU UND NICHTS ANDERES. ES KOMMT AUS DEINEM INNEREN.

Ich werde mich um die Katze kümmern ...

SLAM

clic clic clic

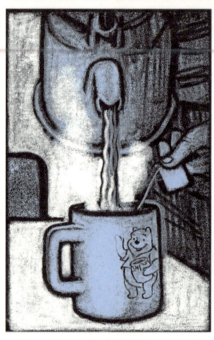

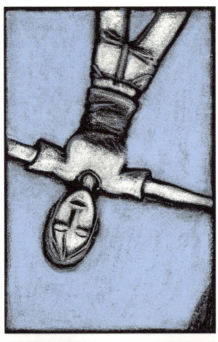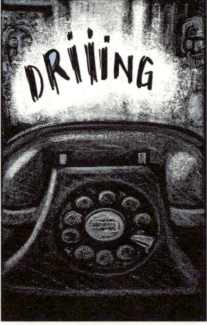

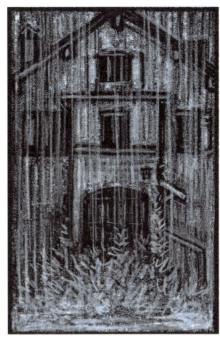

"Die Katzen ... Antworten die Ihnen?"

"Einige sprechen sehr schlecht, und andere haben eine gewählte Ausdrucksweise! Ihre zum Beispiel ..."

"Meine spricht gut?"

"Sehr gut."

"Sie sind schon 'ne Nummer!
Eigentlich bin ich doch ganz froh, dass Sie sich hierher verirrt haben."

"Es ist lange her, dass ich mit so viel Appetit gegessen habe! Und getrunken!"

"Hihihihi! Ich kann nicht mehr. Ich bin ein bisschen betrunken."

"Wir haben aber auch einige Gläser gekippt.
Ich würde sagen, ein gutes Dutzend nach Angaben der Veranstalter und acht nach Angaben der Polizei!"

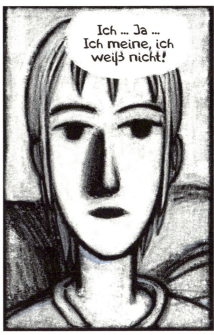

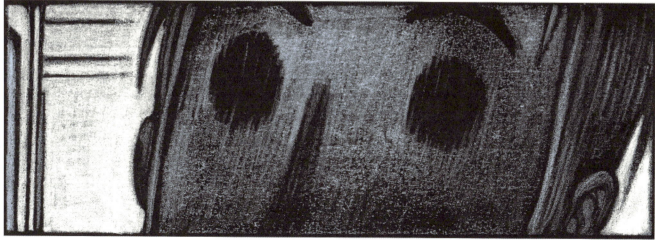

"Bist du da?"

"Ich brauche dich jetzt wirklich!"

"ICH BIN DA, MEHR DENN JE."

"Und, wie ist es?"

"Habe ich nichts zu befürchten?"

ALLES HÄNGT DAVON AB, WOVOR DU ANGST HAST.

"Keine Ahnung."

"Ich glaube, ich läge lieber auf irgendeinem Fußboden, sogar ohne Teppich ..."

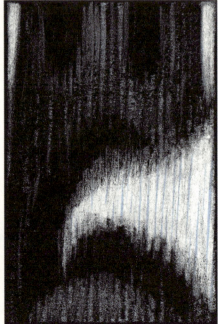

Sehen Sie diesen Baum hier?
Er ist zu dicht an seinem Nachbarn gewachsen.

Er droht ihn zu ersticken.
Und einige sind auch krank ...

Da komm ich, zack!
Die Säge ran ...
... und alles stimmt wieder.

He he he ...

Das bringt mir Holz für den Ofen!

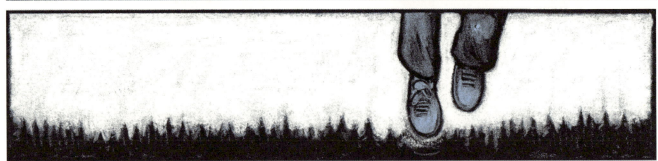

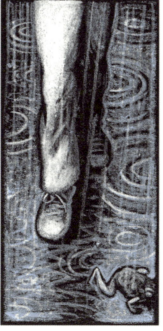

Wie war er?

Ich weiß noch, dass er ein Wort ganz für sich hatte ...

Wenn ihm etwas gefiel ...
... rief er aus: „Mensch, das ist topomir!"

Das war sein Wort.
Etwas, das die Großen ihm nicht wegnehmen konnten.

Er liebte deine Mutter ...
Meine Güte, was haben die zwei sich geliebt.

Und ich brachte ihn zum Lachen. Ich glaube, ich war lustig ...

Schön, dich wiederzusehen, Katze.

Eine Auswahl weiterer Graphic-Novels im avant-verlag:

Ben Katchor:
Der Jude von New York
Blutch:
Blotch – Der König von Paris
Peter van Dongen:
Rampokan – Java
Rampokan – Celebes
Gipi:
5 Songs
Aufzeichnungen für eine Kriegsgeschichte
Die Unschuldigen
Nachtaufnahmen
Sampayo/Igort:
Fats Waller
Joann Sfar:
Klezmer (2 Bände)
Pascin
Die kleine Welt des Golem
Die Katze des Rabbiners (5 Bände)
Fiske/Kverneland:
Olaf G.
Manuele Fior:
Ikarus
Menschen am Sonntag
Ulrich Scheel:
Die sechs Schüsse von Philadelphia
Giandelli/Ricci:
anita

In Vorbereitung:

Winshluss: Pinocchio
Ulli Lust: Heute ist der letzte Tag vom Rest deines Lebens
Simon Schwartz: Drüben!
David B.: Auf dunklen Wegen
Mezzo/Pirus: Der König der Fliegen

Das komplette Programm finden Sie auf unserer Website:
www.avant-verlag.de